I0813877

Estrellas

Grace Hansen

abdopublishing.com

Published by Abdo Kids, a division of ABDO, P.O. Box 398166, Minneapolis, Minnesota 55439.

Printed in the United States of America, North Mankato, Minnesota.

102017

012018

Spanish Translator: Maria Puchol

Photo Credits: ESO, iStock, NASA, Shutterstock, ©Ian Norman p.13 / CC-BY-SA 2.0

Production Contributors: Teddy Borth, Jennie Forsberg, Grace Hansen

Design Contributors: Dorothy Toth, Laura Mitchell

Publisher's Cataloging in Publication Data

Names: Hansen, Grace, author.

Title: Estrellas / by Grace Hansen.

Other titles: Stars. Spanish

Description: Minneapolis, Minnesota : Abdo Kids, 2018. | Series: Nuestra galaxia | Includes online resources and index.

Identifiers: LCCN 2017946229 | ISBN 9781532106644 (lib.bdg.) | ISBN 9781532107764 (ebook)

Subjects: LCSH: Stars--Observations--Juvenile literature. | Solar system--Juvenile literature. | Spanish language materials--Juvenile literature.

Classification: DDC 523.8--dc23

LC record available at https://lccn.loc.gov/2017946229

Contenido

¿Cómo se formaron las estrellas?

Las estrellas se formaron en nubes frías compuestas de polvo e **hidrógeno**. La **gravedad** unió las nubes provocando que parte de ellas se **colapsara**. Formándose así pequeñas acumulaciones de masa dentro de la misma nube.

Estos cúmulos comenzaron a rotar, lo que atrajo más gas hacia el interior. Dentro de los cúmulos se produjo presión y calor. Provocándose así la **fusión** de los átomos de **hidrógeno** en **helio**. ¡Así nacieron las estrellas!

Luz y color

Las estrellas iluminan el cielo. Una estrella brilla en su **núcleo** por efecto de la **fusión** de **hidrógeno** en **helio**.

Las estrellas más grandes son más brillantes y más calientes. Cuanto más grande sea la estrella más presión tiene en su **núcleo**. Por eso la **fusión** se produce más rápidamente y así crea más energía.

La estrella más brillante en el cielo nocturno es la Sirio, dos veces más grande que el Sol. También casi dos veces más caliente.

Sirio

Las estrellas pueden ser de diferentes colores. El color depende de su temperatura. Las estrellas más calientes son azules o blancas. Las más frías son amarillas, anaranjadas o rojas.

¿Cómo desaparecen las estrellas?

Las estrellas pueden durar miles de millones de años. En algún momento de su vida se quedan sin **hidrógeno**. Entonces la fuerza de la **gravedad** hace que la estrella **colapse**.

Se va acumulando presión y calor. En el **núcleo** el **helio** genera carbono y oxígeno. Las capas externas de la estrella se **expanden** y así se convierten en lo que se conoce como una gigante roja.

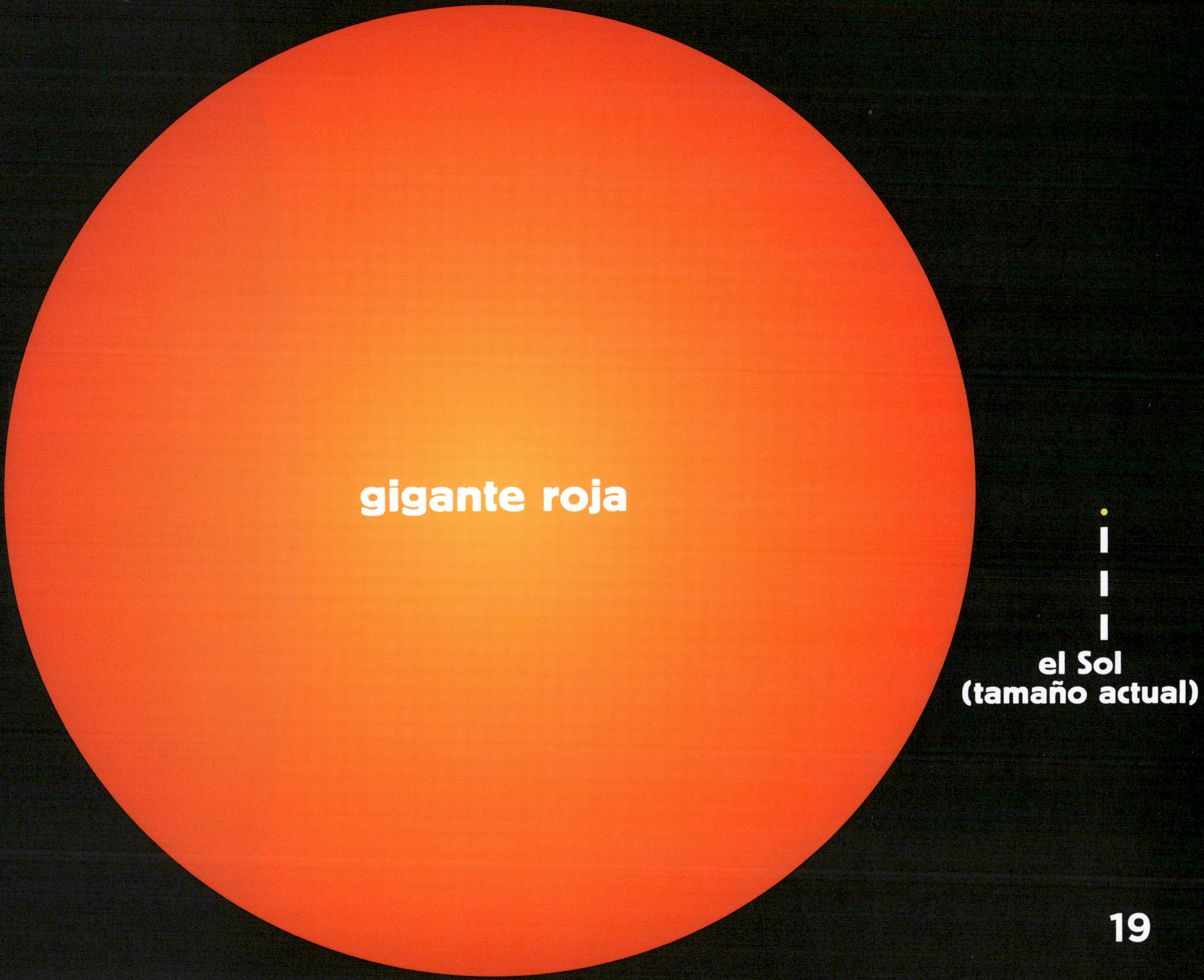

gigante roja

el Sol
(tamaño actual)

La **gravedad** ya no puede mantener a la estrella en una pieza. Las capas de fuera se alejan del resto de la estrella. Lo único que queda de la estrella es su **núcleo**, así pasa a ser una estrella enana blanca. Después de millones de años se enfriará hasta convertirse en una estrella **enana negra.**

Más datos

- Hay alrededor de 200,000 a 400,000 millones de estrellas en la Vía Láctea.

- Cuando miramos a las estrellas parece que están cerca unas de otras. En realidad están a enormes distancias. Los científicos han explicado la distancia de las estrellas poniendo dos granos de arena a 30 millas de distancia (48.3 km).

- La vida de las estrellas es de 10,000 millones de años.

Glosario

colapsar - derrumbarse, hundirse.

enana negra - lo que queda de una estrella enana blanca al consumir por completo su energía.

expandir - hacerse más grande y ancho.

fusión - reacción en la que el núcleo de átomos ligeros se unen para formar un núcleo más denso; lo que crea una cantidad inmensa de energía.

gravedad - fuerza por la que todos los objetos del universo se atraen unos o otros.

helio - gas ligero e incoloro que no se quema fácilmente.

hidrógeno - gas más ligero que el aire, que se prende fuego con facilidad.

núcleo - centro de una estrella donde la temperatura y la presión son lo suficientemente altas para producir fusión nuclear, convirtiendo átomos de hidrógeno en helio.

Índice

¡Visita nuestra página **abdokids.com** y usa este código para tener acceso a juegos, manualidades, videos y mucho más!